和太阳对视

隆定军

／著

应急管理出版社
·北 京·

图书在版编目（CIP）数据

和太阳对视/隆定军著 . --北京：应急管理出版社，
2023

ISBN 978 - 7 - 5020 - 9708 - 0

Ⅰ.①和… Ⅱ.①隆… Ⅲ.①诗集—中国—当代
Ⅳ.①I227

中国国家版本馆 CIP 数据核字（2023）第 147395 号

和太阳对视

著　　者	隆定军
责任编辑	陈棣芳
封面设计	姜　龙

出版发行　应急管理出版社（北京市朝阳区芍药居 35 号　100029）

电　　话　010 - 84657898（总编室）　010 - 84657880（读者服务部）

网　　址　www. cciph. com. cn

印　　刷　长沙超悦印刷有限公司

经　　销　全国新华书店

开　　本　880mm×1230mm$^1/_{32}$　印张　$6^1/_4$　字数　140 千字

版　　次　2023 年 9 月第 1 版　2023 年 9 月第 1 次印刷

社内编号　20230386　　　　定价　52.80 元

一粒蝉鸣（代序）

　　形象是艺术说明生活的基本手段，诗尤其如此。诗人表现生活，抒发情感，都需要用形象作为"寄寓"。比如，屈原用"香草美人"表达他的政治追求，艾青用鸟儿"用嘶哑的喉咙歌唱"和死后"连羽毛也腐烂在土地里面"象征对祖国爱得深沉。然而，诗又是历史最长的文学艺术形式，中国更是诗的大国，来自生活和自然的取譬与形象，已经被人千百年来反复用过了，诗要出新，是一件最为艰难的事情。难怪当代有些写诗的人，为了出新无所不用其极，制造"梨花体"博人眼球。隆定军走的是新诗写作的正道，他坚持"诗言志"的传统，热情地拥抱时代和生活，以诗歌对人生进行审美表达。比如，他在组诗《和一张旧报纸对视》中写道："一台崭新的黑色智能手机/躺到了这一张旧报纸身上/主人不知道怎么就忘了它//倾听着它的电话、微信、短信访问声／感受着它的震动和心悸／旧报纸暗暗对新手机／萌生了不可名状的情愫。"在这里，"智能手机""旧报纸""微信""短信"既是我们当下日常生活中惯常的事物，又是富于意味的诗的形象，隆定军通过这些形象将时代融入诗中，从旧报纸与新事物的对比中，引发我们对现实生活的思考，这"不可名状的情愫"又何尝不是我们面对"日新月异"的当下的心态写照呢？

《和太阳对视》是一部涉及自然、乡村、城市、人生、爱情、亲情等主题的诗集，在81首（组）诗中，《上篇：和太阳对视》占了36首（组），每一首（组）都以"和……对视"为题，是典型的咏物诗。对于咏物诗来说，咏物不是目的，由物"缘情""说理"才是。因此，选材恰当，对客观事物的本质有独特的把握，是咏物诗写作成功的关键。隆定军善于在凡俗的生活中选材，"路灯""菜刀""扫帚""旧报纸""壁虎""蝉"等信手拈来，却又能不落俗套。虽然这36首咏物诗不能说每一首都能做到独辟蹊径，但可圈可点的篇章还是不少。比如，他审视阳台上飞来的三只白鸟"审视白鸟／我忽然想起了我自己／我携妻带女，背井离乡／小心翼翼地在城市的空隙／寻找食物"[《和一只白鸟对视（组诗）》]，由白鸟想到自己的生活、人生的境遇，缘情既贴切，又能引起读者的共鸣。"蝉"是中国诗歌里常见的意象，隆定军对于城市的蝉鸣，有独特的发现与想象，"我仰

望着它 / 思绪飞到了九霄云外 / 每一粒蝉鸣 / 都会长出两只耳朵来"[《和一只蝉对视（组诗）》]，想象奇特，富于创造性。

"不时弯腰和土地亲吻，不时抬头和太阳对视"是这本诗集的题记，同时也表达了作者的生命态度和理想追求。《和太阳对视》这本诗集，我们不要只把它看作一本诗集，它更像诗人的自悟、自醒、自觉，是一本诗人对万事万物的审视集、凝视集、对话集、情怀集。

汤素兰

2023 年 5 月 28 日

不时弯腰和土地亲吻

不时抬头和太阳对视

上篇 和太阳对视

中篇　独饮者

下篇　人间消隐

上篇 和太阳对视

我看过傍晚五点的夕阳

凌晨五点的路灯

却依然保持着

对朝阳的热爱

和寂寞的词语对视

就在今天，凌晨五点

我找出几个寂寞的词语

准备用它们雕成一首诗

却发现它们——

有的剽悍无比

有的弱不禁风

黑暗中，这些词语发着微光

一闪一闪

就像夜猫的眼睛和我对视

我真担心

我会亲手毁了这些词语

原本的快乐，与幸福

2022 年 4 月 5 日于长沙

和某一颗星星对视

有时候是傍晚，有时候是午夜

我会仰头，和某一颗星星对视

就像对视自己孤独的灵魂

好像我自己

也是一颗行走着的星星

从这一条街，到另外一条街

布满了银行、餐馆、药店、小超市……

应该没几个人会注意夜空中的星星

就像没几个人会倾听城市里的蛙声

就像没几个人会仰慕城市里的白鸟

可是我会，我真的会在落满月光的午夜

独自一个人

绕着社区走半圈

走一圈，或者一圈半

静立、仰头、点数夜空中的星星

去听星星，一个一个地喊

我亲人、我情人、我同学、我至交的名字

即使到了午夜

城市仍然不肯睡去

芙蓉南路车水马龙，先锋路也是

连老甫冲路都是铁甲洪流

匆忙的人们，那么孤独、那么忧伤

人人都用铁甲包裹着自己，提防着别人

只有我，像一颗行走着的星星

忧伤地注视着大地和众生

十年了，城市一天一天长大

高楼取代黄土，地铁一钻而过

城铁就像公交，来回穿梭

临街的水果店、零食店、足浴店

晚上十一点了，还在灯火辉煌地恭迎着

那些慢慢忘却故乡的夜行人
我快乐而悲伤地思索着一个真相：
即使没有一个人
愿意注视某一颗星星
我所深爱的这一座城市
明天还会长大

夜空中，有很多星星自命不凡
我也是其中之一
明明只是发着微光
既不能普照大地，也无法照亮前程
却固执地以为，自己就是宇宙中心

2022 年 5 月 17 日晚于长沙

和某一盏路灯对视

初夏的傍晚，铜墙铁壁一般闷热
路边这一盏路灯，破旧的灯杆已经锈迹斑斑
倾斜欲倒的杆身，仿佛随时都会倒下
微弱的灯光，好比一朵黄色的小橘花
引来无数的飞蛾在狂舞、交欢

我凝视着这一盏路灯，不
我凝视着这一群扑灯的飞蛾
灯光泛着波晕，在飞蛾的包围中
越发迷乱。仿佛即将失守的阵地和贞操
透露着节节败退的凌乱、慌张

青蛙不识趣地大声聒噪着、聒噪着
好像在为飞蛾的狂舞，击打着凌乱的节拍
没有萤火虫的初夏之夜，在痴等一场暴风雨
路灯和我

完全淹没在太平洋一样的黑暗中
路灯下的荷塘里
悄无声息地上演着杀伐剧情

我见过成排的路灯，见过整街的路灯
我见过落单的飞蛾，见过成群的飞蛾
但是在如铜墙铁壁一般的闷热夏夜
和一盏微如蚕豆的破旧路灯对视之后
我竟然对一群嗜灯的飞蛾，生了恐惧之心

这一盏路灯，好像在向我大声地发出呼救
但是我不会出手。我也不敢出手
我只是一个匆匆的过客，即使听到了某个阴谋
我也只能怔怔地望着它，守护它三到五分钟
最后还得迈开脚步
向着更黑暗的方向，独自前行

2022 年 5 月 25 日于宁乡

和太阳对视（九章）

一、不时弯腰亲吻土地

今晨的阳光，比昨天更温柔、更耀眼
刚刚过去的一晚，太阳经历了什么？

从屋前庭院走到屋后菜园
我丈量了一下，大约是唐朝到宋朝的跨度

昨天开垦了一块菜地，我想种点辣椒和黄瓜
还有茄子、韭菜，外加几行诗歌

农村里没有霓虹灯，没有科技馆
但水田里的稻、菜地里的菜、山里的果子
一个个像我久别重逢的亲人

不时弯下腰去亲吻土地
不时抬起头和太阳对视

二、影子别无选择

炙热的太阳
晒得人身体虚脱

影子歪歪斜斜
开始不再信任身体

晚上
影子会再度回到
它所憎恶的身体里
除了身体以外
影子别无选择

三、太阳不时低头看我

太阳有 46 亿年了

我才 46 岁

太阳还很年轻

我却有点老了

我不时抬头仰望太阳

太阳也不时低头看我

太阳的光芒太过耀眼

而我，光芒在哪里

四、除了太阳

我们没有任何属于自己的东西

除了太阳

那些无家可归的人
也可以尽情地享用
或者任意地挥霍它

五、太阳是动词

太阳是名词
太阳更是动词

它普照大地
拥抱万物
它驱赶黑暗
东升西落

六、雪后初霁

从昨天到今天

我都在看这一场春雪

飘飘洒洒　漫天飞舞
雪奋不顾身的样子好美

大地已经有了春心
雪再怎么痴心

终归只换来与它的
一场邂逅

七、边城朝阳

早上七点钟
太阳将升未升
月亮冷冷地挂在天边
生怕惊醒了异乡人

我看过傍晚五点的夕阳

凌晨五点的路灯

却依然保持着

对朝阳的热爱

八、太阳的金芒

原以为

我是你随身的影子

你在哪，我就跟你到哪

太阳在东，我就伴你在东

太阳偏西，我就随你到西

太阳在上，我就躲在你身下

一到晚上，我就栖到你心头

没想到

我只是你一粒金芒

多我一粒不多

少我一粒不少

我选择遁身

让你在万丈红尘中

怎么也找不出我这一粒金芒

九、有人在夜歌

有人在夜歌，顶着月亮的光芒

有人在夜跑，带着子弹的尖啸

而我在夜吟，怀着炎帝的忧伤

2022 年 6 月 11 日于株洲炎陵

和一支笔对视（组诗）

一、和一支钢笔对视

你的生命是有限的
笔管中仅剩不到一半的墨水
你没来得及写完一部小说
一首诗歌，一篇散文

仅仅记录了一个半小时的会议
你把几个人的思想换成了文字
把一些从胸膛里钻出的呼吁、呐喊
整理成一个冷静的标题和几个段落

钢笔的价值从不需要他人证明
你的足迹便是你的战场
你的一生与我何其相似

我听不到你发出一声嗟叹

你的一生与白纸相依为命
白纸给了你安身立命的家
你给了白纸治国平天下的蓝图

只要一张白纸，你的世界
就有了蓝天白云，四季更替
有了辽阔的大海，苍茫的草原
有了原始神秘的崇山峻岭
有了奔腾不息的大江大河

或许，你是一把匕首
但是你有你的温情
或许，你是一把枪支
但是你有你的分寸

我喜欢你。因为你多么像我
有笔直的腰身，坚硬的外表

从不熄灭的梦想，从不屈服的内心
哪怕耗尽最后一滴墨水
也要证明我高贵的存在

二、和一支毛笔对视

你躺在桌子上有多久了
我差一点忘了你

你不属于我
我心事太沉
我曾识破红尘，曾看破风尘
忆不起你的如烟往事

你属于往事
我情寄未来
我大开大合，性子太躁
握不住你的满怀柔情

我们终归是陌路

即使四目相对

也碰不出一丝火花

在某个梦想发芽的日子

我曾给你承诺

那又怎样

如今你也忘了我的体温

在一个令人愉悦的夏天

我丢下满蘸墨水的你

任高温吸干你的情思

任季节风干你的才华

你躺在桌上太久了

请允许我把你扔进垃圾桶

如果不是偶然遇上我

你本可以拥有更灿烂的人生

三、和一支铅笔对视

有人爱你，你那随意勾画的蓝图
有人爱你，你那轻易被擦掉的承诺

我也爱你，你那百媚千娇的身姿
我也爱你，你那五彩斑斓的内心

你可以素描日月星辰
也可以涂画山川神话

虽然我从来没有懂过你
也从无兴趣
窥探一个舞者的身世
然而，每当
我读某一鸿篇巨制时
不妨与你同行
你喜欢以身涉险

圈点山之巅　水之源

风之信　木之心

我最喜欢的

就是拿你草绘一个轮廓

让心中的暗河

找到巧妙的出口

和一把菜刀对视（组诗）

一、等一把菜刀变老

和一把菜刀对视
我居然不敢看它的锋芒
我把它翻过来，翻过去
眯着眼睛，小心翼翼地
避开它的锋芒

看得出来
这一把菜刀很年轻
它有锃亮的刀身
透着青光的刀把，以及
令人不敢直视的刀锋

等这一把菜刀老了

等它有了岁月的重量

等它经历无数次挫伤和跌落

到那时，我会用四只眼睛和一根手指

去抚摸它的刀锋

二、中年男和菜刀的对视

我是一个留着光头的中年男

一个天天要剃胡须的中年男

一个好喝白茶、绿茶、红茶、黑茶、黄茶的中年男

一旦我进得厨房、系上围裙

一旦我拿起菜刀、放下砧板

我就化身一个刀手、剑客、侠客、枪手、写手

年少只把江湖当舞台

如今却把厨房当江湖

年岁越大，就越喜欢拿着菜刀拍、切、砍、剁、削

三、爱情变成菜刀与砧板

年轻时以为

爱一个人，就是为她写几首诗

给她献花，带她去看几场电影

然后，带着她去天涯、去海角

最少，也要在山之巅、水之湄

慢慢地，想法变了

爱一个人，居然变成

有事没事陪在她身边

哪怕一言不发

她饿了，就给她做一顿饭

她累了，就动手给她按摩按摩

我少年时的锋芒呢

我青年时的锐气呢

生活，什么时候变成了柴米油盐

爱情，也跟着变成了菜刀与砧板

和一把口琴对视

小时候，我懵懂吹过竹笛、吹过箫

没有老师，没有同学，一个人瞎捣腾

笛声高亢明亮，带来远古清音

箫音委婉细腻，令人想入非非

可是我吹不出那种起伏、那种韵味

不久，我便放弃了竹笛、放弃了箫

青年时，我短暂学过吉他、学过古筝

没有老师，没有同学，一个人瞎琢磨

琴声优美潇洒，画出浪漫星空

筝音古典含蓄，使人无限沉溺

可是我弹不出那种旋律、那种韵味

不久之后，便放弃了吉他、放弃了古筝

到了中年，我尝试学习口琴、学习蓝调

没有老师，没有同学，一个人瞎吹奏

口琴悠扬圆润，描出蓝天白云

蓝调摇滚乡野，令人欲罢不能

即使我依然吹不出那种意境，那种韵味

但是，我再也不会放弃口琴、放弃蓝调

并且，我会一一重温曾经的乐器

把它们请回我的生命

就像躯壳请回灵魂一样

让它们伴随我的余生、我的每一天

有它们伴随，我就始终拥有爱的感觉！

哪怕音乐并没有那么爱我

哪怕终其一生

我只能在音乐的殿堂门口徘徊

2022 年 6 月 4 日于宁乡煤炭坝

和一把扫帚对视（组诗）

一、和一把竹扫帚对视

这把竹扫帚，瘦得只剩骨架了
我感觉它快要不久于人世了
我还清楚地记得去年它刚来我们院子时
满头的秀发、丰满的身材
散发出青春的气息

不承想，刚刚过去不到一年
它竟然瘦成这样、老成这样
它孤独地静立在一个不起眼的墙角
蛛网在它四周结了三层
它只管有气无力地耷拉着眼皮

仅仅一年的世事

就让它如此疲惫吗

可我经历了四十多年的世事

却依然有暴露的青筋

和很容易就起茧的一双大手

二、和一把棕扫帚对视

这一把棕扫帚，染了一头的红发

它喜欢穿行在光滑的瓷砖地面上

或者，轻轻地滑行在柔软的地毯上

如果是泥土地，或坑坑洼洼的地面

它就会狠狠拒绝，面露难色

甚至，带着尖锐的灰尘气冲冲地嘶喊

这一把棕扫帚，有漂亮的腹肌

喜欢把风声藏起来，捡拾一地的毛发

然后把影子放出来，阅读一些零碎的知识

就连拖把也喜欢湿淋淋地跟在它的后面

我爱人很喜欢这个家伙

所以，我经常会狠狠地从她手上把它抢过来

三、和一把高粱秒扫帚对视

久别二十年后，我在异地遇到了它

它穿着美美的红裙子。红裙上

还雕刻着许多小钻石

如此夺目、如此耀眼

像极了我遥远故乡的那一位

我有一种占有它的冲动

它曾是我们家中的一员

我用它驱赶过鸭子、阻挡过大鹅

我还用它逗弄过小狗

现在，我要把它买回来

并束之高阁

2022 年 7 月 23 日于长沙

和某一本书对视

小时候，我最喜欢反复翻书

翻过来，翻过去；翻过来，翻过去

哪怕是一本旧字典，哪怕是一本老黄历

只要书本翻动，世界就归于宁静

我喜欢听书本翻动的声音

像极了优美的钢琴曲

小小的心灵，怎么懂得书本的奥妙

翻书的快感，驱逐着孤独者的寂寞

不同的书本，带来不同的愉悦

当然，偶尔也有莫名的愤怒和忧伤

从书本中喷薄而出，从文字中激射而出

长大以后，我还是喜欢翻书的感觉

正如拿着玻璃瓶去追夜空下的萤火虫

提着手电筒去抓水田中的青蛙、泥鳅、黄鳝

每一次都是莫名的兴奋，难掩的激动

我喜欢看书本翻动的姿态，好像天鹅在湖面展翅

更多的时候，我感觉自己做了书本的一部分

有时候做了封面，有时候做了封底

有时候会是扉页，有时候不过是一个插页

有时候，甚至只是一个标点符号

但是每一次，我和书本拥有

同样的情绪，或喜，或怒，或悲

从这一个灵魂到另一个灵魂，那么遥远

可是一本又一本的书啊，多么像行走着的灵魂使者

照亮着孤独者、求索者、探路者

2022 年 5 月 26 日于宁乡煤炭坝

和一盏台灯对视

你并没有幻想
把黑夜变成白昼

那不是你的职责
你仅仅只是
撑起这一小块光亮
多少人需要你
就像我一样

在成年人的世界里
多少人和你一样
默默地孤独
静静地输出

几十年的光阴里
你一直在努力照亮别人

你的身体里，充盈着滚烫的爱意

和一些非常柔软

并且脆弱的东西

我常常误以为我会像你一样

热爱、忠诚会始终充盈我的内心

当光明退去　黑暗永存

我在另外一个世界狂奔

当孤独敲打我的内心

当我深陷无边的寂寞

需要多么痛

才可以悟出——

我永远都不可能是你

2023 年 4 月 9 日于宁乡

和一场暴风雨对视

乌云包围了整个天空、山谷、原野

从大山的这边，到大山的那一边

除了乌云，还是乌云；除了黑暗，还是黑暗

近山不再青黛，通体变成一片漆黑

树木在狂风中战栗、摇摆

傍晚六点，我独自一人驱车疾驶在暴风雨中

为了更快抵达，我睁大双眼、盯紧路面

路上已经看不到行人，车辆慌慌张张

一道闪电从眼前急速刺过，一道惊雷紧接着

靠着头顶炸裂。又一道闪电快速从眼前划过

又一道惊雷更紧地贴着头顶，炸裂！

闪电就像狰狞的魔眼，惊雷就像愤怒的咆哮

端午节的暴风雨，如此狂野、狂躁、狂怒

让我想起了四十年前的那一幕——

曾经，我们一群少年举步维艰在狂风暴雨中

似乎马上要被狂风吹倒，被暴雨吞噬

少年们，好比狂涛骇浪中的一叶叶无助小舟

颠簸着、颠簸着、颠簸着，好像马上就会沉没

惊恐、惊悚、惊惧，在我们幼小的心灵中弥漫

突然！一个伟岸的身躯抱起了我们中最小的一个

大声地吆喝着我们跟他往家走，到家后

还给我们喝热姜汤、换干衣服、烤火、拥抱……

几十年过去了，那温馨的一幕，只要是暴风雨时刻

就会在我脑海中反复地浮现，不断地重演

童年时候的画面，如此清晰、如此真实、如此强烈

我甚至怀疑，它会影响我的一生——

不管再大的暴风雨，我都会勇敢地往前奔跑

永远相信，一定会有人撑着伞，前来守护我

永远相信，我一定会赶在暴风雨的前面

抵达安全的港湾，然后，抱紧我的家人

2022 年 6 月 3 日晚于宁乡

和最后一滴酒对视

酒瓶已空。瓶子呆立在现场

桌子上还有剩菜剩饭，在回味着酒的余香

绝大部分的酒香，早已化作了兄弟们的醉意

我们刚才还在大声地谈论梦想

现在，我们只想找一堵墙壁倾诉

当然，如果没有一堵喜欢倾听的墙壁

找一张床缠绵，也可以

酒去瓶空。酒已代表我们去致敬某人

已从我们一句句祝酒辞中获得了升华

酒去瓶空。酒已代表我们完成某种仪式

已代表我们赢得某种友情

获得某种张扬的力量

当然，酒还让我们记住某些欢乐的瞬间

忘却某些失落、伤楚、悲悯

酒的力量，来自何方？

我握住空空的酒瓶

假装我握住了一束美丽的鲜花

然后，向着黑暗中的光影冲击、奔跑

然后，向着我心爱的人儿表白、倾诉

我望着杯中的最后一滴酒

假装我望着一个知己

然后，勾起她前世今生所有的恩怨情仇

然后，勾起她有关谷物、大米、高粱、小麦的轮回

我望着杯中的最后一滴酒

好像拥有了某种力量、某种勇气、某种信仰

2022 年 5 月 25 日于宁乡

和一棵老樟树对视

我侧着耳朵，好像听到你在嘀咕
你在说什么呢？看你一身的伤痕
一身的沧桑。显然有一身的故事

你枝干那么高，都入了云
你是经常要打听天空的心事吗？
看！昨天还是乌云，今天就变成了白云
是谁粗暴地惹怒它，然后又慢慢地抚平它？

你腰围这么粗，都爆裂了
你常常要收集世人的恩怨吗？
看！昨天还哭天喊地，今天就笑容满面
是谁狠狠地伤害她，然后又温柔地亲吻她？

最为重要的是，在你胸口上
为何有一个碗口大的洞？

那应该是民国时期的伤
那时你正当青春，一记惊雷劈倒了
那株陪你一个世纪的恋人。从此
你的胸口就多了这颗朱砂痣

上个秋天枯萎过后的茅草
上个冬天飘落下来的黄叶
被你精心折叠后，无声无息地
收藏在你脚底的树洞中。这个洞
还藏着樟树、梧桐树、桂花树的
身家秘密和爱情往事啊！

老樟树啊，难道你要用这个大树洞
春听草木发芽，夏听蛙虫鸣叫
秋听风霜刻骨，冬听冰雪欢腾？

2022 年 4 月 26 日于宁乡

和一粒布谷鸟声对视

在五月底的某一天

我站在长沙南部的某条街上

此时，阳光从雨后的云层中穿透过来

万道金光如穿云之箭，斜斜地射向大地

俨然有了佛国的感觉，在我面前

形成强烈的视觉刺激

我一路追随着城市长大的骨节声

我一路追逐着长沙城征战的梦想

我站立在人来车往的长沙街头，恍惚中

我居然听到了一粒又一粒的布谷鸟声

声声清脆，声声激越，声声嘹亮

唤醒我封存了二十多年的记忆

我们从农村奔赴城市，又从城市奔赴农村

路，越修越多，越修越直，越修越宽

离乡背井的我，和许许多多的异乡人一样

正在以各种方式，缩短与老家的距离

计划着以某种方式，把城市的瑰丽之梦

照耀进我们各自不一样的故乡

我觉得我也是一粒精力充沛的布谷鸟声

为了赞美一些理应被赞美的事物

为了讴歌一些理应被讴歌的人

为了唤醒一些理应被唤醒的梦想

到了一定的季节，就会发出激情的鸣叫

哪怕是在被人遗忘的，某个城市角落

或者是在布满金光的，某座高楼楼顶

2022 年 5 月 25 日于宁乡

和一杯明前茶对视

你是清明前的女子吧

那么婀娜的身姿

借着我给你的滚烫

温柔地讲述

你曾经与某个荒山，某座野岭

疯狂地缠绵

我静静地听

仿佛某种仪式

我啜了一口，闻到了你的泪

苦涩、清香、温软

你想忘却的那一节

想抹去的那一段

瞬间融入我的口、齿

然后进入我的胃、肠

烙入了我的生命

你是有故事的女子吧
你想替一块石头
去考察他乡
或者，替一棵树木
去征服城市

2022 年 4 月 18 日于宁乡

和一园桑葚树对视

一人多高的桑树，密密麻麻
列兵一般。山坡上阳光正好
青年节的阳光，青春、热烈、奔放
桑树的绿叶上闪耀着光芒
传递着金色的爱慕信号

桑葚园的上空，白色的网纱笼罩
如烟似幻。五月的天空
湛蓝澄澈如海。美丽、温柔、浪漫
几架喷气式飞机划过天空
描绘出白色的浪漫飘带

此时的桑葚园，多么像一个欢腾的乐园
呼朋引伴的美少妇，专心写生的美少女
钻来钻去的少年，大声喊叫的儿童
无限的欢乐画卷

小时候，我热爱一棵老桑葚树
她高耸入云。每年五月
我会爬到她的身上，抱紧她
疯狂吸吮她的黑色果实

而现在，我热爱、沉醉于
眼前这一片年轻的桑葚园
黄色的土地，灰色的围栏
青色的树干，绿色的桑叶
各色的桑葚：青的涩、红的酸、黑的甜
桑葚身上的茸毛，软软的，多么像
我梦中情人身上的那种细茸毛

在桑葚园待上两个小时，我大醉一场
一百颗桑葚下肚之后，就好像
一口吞下了我上半生的情怀与梦想

2022 年 5 月 4 日于宁乡

和一片菜园对视

端午时节

菜园里，瓜果蔬菜自此满目青绿：

茄子，开出紫色的小花蕾，结出绿色的茄蒂

辣椒，长出艳色的小花粒，结出青色的椒蒂

玉米有一人多高，紫色的胡须迎风飘扬

韭菜和大葱长势茂盛，开启疯长模式

黄瓜、丝瓜、豆角，顺着竹枝，往上攀爬

冬瓜、南瓜、红薯，匍匐地表，肆意蔓延

人间五月

菜园外，池塘水田翘首渴望盛夏：

禾苗婴儿一般，稚嫩地站立在水田中，弱不禁风

青蛙潜伏着，在刚插下禾苗的水田里，大声聒噪

荷塘里，各色的荷花或含苞待放，或含羞绽放

蜻蜓和小鱼儿，相互在捕捉着，对方的影子

每逢傍晚
蚊子结队出来活跃，飞蛾成群扑向路灯
黄鳝和泥鳅，不时钻出水面，贪婪地呼吸着新鲜空气
还不到萤火虫的季节，目前，它们只是蠢蠢欲动的幼虫

我喜欢，我家阳台上堆砌出来的一畦青绿菜园：
菜园或许就是一种传承，各种材料的栅栏围着它
代替种菜人，美美地做着瓜果丰收的春秋大梦

城市里的菜园，它是一剂最好不过的治愈良药呢
比任何食物，都更生动；比任何药物，都更奏效
菜园或许又是一位佳人，风姿绰约，暗香浮动
她稍稍一个眼神，就让我心旌摇荡，无限迷乱

2022 年 6 月 2 日于宁乡

和一片荷塘对视

七月底，正是观荷的好时节
晚饭后，我随意踱到一片荷塘边
这个在城市里生活惯了的人
被亭亭玉立的景色迷醉了
驻足、流连、凝神、注目

荷叶苍翠欲滴，荷花竞相怒放
旁边的芦苇开始飘落白色的飞絮
侧面的水稻微微低下金黄的头颅
一阵微风拂过，看
它们全把荷塘当成了舞台

我弯下腰伸手去探一池碧水
突然照见荷塘中的自己
宛如一株争奇斗艳的青荷
散发着奇异扑鼻的清香

撑着一把令人艳羡不已的雨伞

在一池夏水中，摇曳、荡漾

2022 年 7 月 21 日于宁乡

和一张旧报纸对视（组诗）

一、旧报纸和我都在回味着
发黄的往事

面前这一张旧报纸

折叠得整整齐齐

散发着浓浓墨香

全身却泛出十多年前的黄光

它就像一位上了年岁的老友

闷声不响地低着头

用沉默告诉我

往事早已不堪回首

最强的报纸也没能抵挡住

互联网在一刀一刀切割着

新闻最后全部变成了旧闻

时事最后全部变成了故事

我默默地陪伴着它

它也默默地陪伴着我

在全新的时空里

我们都在回味着发黄的往昔

二、旧报纸幻想能拥有旧书
和旧茶杯的荣光

一本更旧的旧书

紧挨着这一张旧报纸

旧书很随意

它应该经常被人打开

一个更旧的旧茶杯

紧挨着这一张旧报纸

旧茶杯很舒适

它应该经常被人拿起

只有这一张旧报纸

脸上写满了心事

仍然紧张兮兮

渴望有一天能再次被人翻阅

只有这一张旧报纸

收起了曾经的锋芒

满弓着身体

幻想能拥有旧书与茶杯的荣光

三、旧报纸对新手机萌生不可名状的
　　情愫

旧报纸躺在桌子上

有一些日子了

新手机躺在旧报纸上

只是最近几天的事

旧报纸的身上

躺过遥控器、车钥匙、手电筒

也躺过计算器、蚊香盒、充电器

也躺过哥们没有送出去的一枝鲜花

就在前几天

一台崭新的黑色智能手机

躺到了这一张旧报纸身上

主人不知道怎么就忘了它

倾听着它的电话、微信、短信访问声

感受着它的震动和心悸

旧报纸暗暗对新手机

萌生了不可名状的情愫

2022 年 5 月 25 日于宁乡

和一只壁虎对视

四周一片漆黑。手指不见，前路不见
我带了手电筒。一会照前，一会照后
在一处拐角
我摁下墙上的开关
突然！
一只壁虎惊慌地快速游走
逃到远处墙角，生气地回过头来，看着我

白晃晃的灯光照着。我呆呆地伫立在现场
我惊愕地看着它，手电筒差点掉到地上
墙上布满了
蛛网和积尘
有大块的漆面掉落
我的眼前出现各种重影，幻化出各种造型

我太匆忙了

刚才差一点摁到了你身上

是我惊扰了你吗？这本来就是你的领地

你趴在墙上，如履平地；我立于平地，如履薄冰

你不用惊慌

我只是一个过客

我向你道歉

我冲壁虎友好地笑了笑，然后快速地摁回了开关

我有照亮我前程的手电

你有照耀你领地的黑暗

我得赶紧离开，把这一块领地还给你

四周恢复一片黑暗

只剩下我的手电筒光在晃荡

我知道，你还在倾听

我远去的脚步声

2022 年 5 月 26 日于宁乡

和一只蝉对视（组诗）

一、我没法用文字来描述蝉鸣

这声音，我听了四十多年了
每一年，为何感觉都不一样
有时是悲歌、有时是离情
有时是欢声、有时是笑语

这声音，多么像一幅山水画
开始时，几朵白云飘浮在蓝天上
不久后，几座山峰崛起于丘陵中
再后来，几条大江奔腾在平原上

这声音，我没法用文字描述
它蕴含了泥土的芬芳
阳光的重量，清风的色彩
雨水的厚度，以及岁月的呢喃

二、一只蝉，和另一只蝉对抗起来

一只蝉，和另一只蝉
呼喊起来，声音此起彼伏
它们在争抢
同一个爱情剧本的男一号

一只蝉，和另一只蝉
对抗起来，歌声刺破初秋
它们在竞争
同一只美丽雌蝉的新情郎

一只蝉，和另一只蝉
厮杀起来，蝉鸣落满一地
它们在争夺
同一个爱情王国的新王位

三、高亢的蝉鸣声淹没了午后的阳光

褐色的狗尾马草在摇头

白色的野芦苇在摇头

绿色的树影倒映在青色的水面

泛起一圈又一圈的金色涟漪

蟋蟀霸气的鸣叫声

淹没在高亢的蝉鸣声中

几声清脆的鸟鸣声

一起淹没在高亢的蝉鸣声中

阳光从窗外照射进来

清风也从窗外照射进来

榆树的身影也从窗外照射进来

它们全都淹没在连绵的蝉鸣声中

四、每一粒蝉鸣都会长出两只耳朵

水壶会长出两只耳朵来
水杯也会
就连老婆的拖鞋也会
长出两只可爱的长耳朵来

和一只蝉对视
它的眼睛都不看我
也不知道
它在思考什么问题

我仰望着它
思绪飞到了九霄云外
每一粒蝉鸣
都会长出两只耳朵来

2022 年 8 月 14 日于宁乡

和一只白鸟对视（组诗）

一、白鸟看上去有点慌张

夕阳西下

月亮慢慢爬上阳台

我放下手机

想去阳台走走

一只白鸟扑棱着翅膀

落到了我家阳台上

阳台上

有一株开得很旺的三角梅

还有几簇布满虫眼的红薯藤

一簇被割过无数次的韭菜

两盆刚刚露出绿头的大葱

和三株从乡下老屋挖过来的兰草

白鸟看上去有点慌张

反复打量着我家阳台的菜园

上下左右

来回往返

到底是什么令它意乱情迷

它慌乱的神情把我搞迷糊了

白鸟是从乡下来的吗

它的另一半呢

为什么落到我家阳台上

我刚想走近一点

白鸟发现了我

扑棱着翅膀

朝着月亮升起的方向飞走了

2022 年 3 月 29 日于长沙

二、两个物种的交流

这段时间
有三只白鸟经常落到我家菜园
它们小心翼翼、左顾右盼
城市里的白鸟比老家的更胆怯

它们隔着窗户望着我
我隔着窗户观察它们
人和鸟的对视
两个物种的交流

我在城市生活了二十年
第一次有鸟儿引起我的猜想
我家菜园有虫子？有饭粒？

审视白鸟
我忽然想起了我自己

我携妻带女，背井离乡

小心翼翼地在城市的空隙

寻找食物

我多么像这三只惊恐的白鸟

紧张地拍动着翅膀

随时准备飞走

2022 年 9 月 5 日于长沙

和一只米粽对视

端午节的第二天

我坐在桌前，望着窗外

桌子上有一个全空的酒瓶，一个半空的酒瓶

一只刚刚放下的蓝调口琴

一只刚刚用微波炉热过的米粽

一壶刚泡好的沩山清明毛尖茶

以及

一台打开了三个小时的笔记本电脑

我享受这宁静的独处时光

大雨过后

阳光有点耀眼，电风扇温柔地摇着头

屋后的渠水哗哗地响着

就像在演奏一首交响曲

有两只蜻蜓，悄然飞落到我的窗玻璃上

有一只灰色的小鸟

扑棱着翅膀好奇地看着我

我没有动，就像一尊雕塑

我也看着它、看着它们

这种相互的打量

持续了三个小时

生活难得宁静、难得独处、难得寂寞

我一直向往热闹、向往城市、向往风光

白酒给我胆量、绿茶给我禅意

而米粽给我

一种庄严的神圣感，一种历史的沉重感

人到中年

有人为生活忙碌，有人为家庭憔悴

而我，依然在持笔呐喊、心忧家国、情怀苍生

蓝调口琴忘忧，酱香白酒进取，沩山毛尖生禅

请让我，以一只米粽的名义，重温家国情怀

请让我，以一只又软又香又糯的米粽的名义

独自纪念某一位爱国诗人
一年之中，仅此一次

2022 年 6 月 4 日于宁乡

和圭塘河公园对视

城市的深处
藏着，意想不到的风景
一条河，静静地淌着
静静地，成为画之魂
伴着我走向河的深处

秋风拂着杨柳、银杏
和公园里的树木花草
我喜欢秋风给我说的
情话。带点凉意
沁人心脾，深入骨髓

我在某处驻足、伫立
那只静立河中的石龟
抬头望我。河水清澈见底

有一些温柔的水草

正好让我们隐身

2022 年 9 月 25 日于长沙圭塘河

和一把锁对视

门上的那一把锁

那一把沉重的锁

在黑暗中发着光

金属的光芒

刺痛了我的双眼

我的心上

也有一把锁

一把沉默的锁

有人假借真爱的名义

锁住了她自己

也锁住了我

2022 年 8 月 24 日于宁乡

和一轮明月对视

冷冷的月夜下，我朝窗外偷偷瞟了一眼
一轮冷月，静静地飘浮在灰色的夜空

一丝微风，带着凉意轻轻袭来
一辆动车，带着光影急急驶过
一粒虫鸣，带着渴望唧唧响起
一枚鸟影，带着寂寞匆匆掠过

我到天台上来来回回跑了三圈
大汗淋漓，沐浴在如水的月光中

很多架战机，从我头顶如夜鹰掠过
很多辆小车，从我楼下如飞鱼游过
很多盏灯光，从我眼前如雁群亮起
很多的心事，从我脑海如海潮涌起

冷冷的月夜下

我独自舔着伤口
多么像一只被生活无情射伤的小惊鹿

明月静静地看着人间
圆了又缺，缺了又圆
我们匆匆地活在人间
哭了又笑，笑了又哭

我在天台上来来回回
跑了三圈，大汗淋漓
最后只能独自
沐浴在如水的月光中

为什么全天下的人
都在仰望着月亮
而我却感觉
它只是紧紧地追随我身后

2022 年 9 月 10 日于长沙

和一只蚊子对视

在寂静漆黑的地方

在蚊帐包围的地方

我幸福地酣睡着

做着甜蜜的美梦

一只蚊子

突然咬醒了我

愤怒的我点亮电灯

死死盯着惊慌逃窜的蚊子

吸饱血的蚊子

已经变傻、变呆、变迟钝

等待它的

将是致命一击

它有胆量吸了我的血

我就有决心终止它一生

2022 年 6 月 24 日于岳阳

和韶山对视

时隔四个月，我随队再次前来

韶山，一个让我魂牵梦萦的地方

就像一条渴望吐露心声的游鱼

我随着鱼群，游到了一个清澈的深水潭中

这里，云蒸霞蔚，林深草密

这里，鸟鸣溪涧，鱼戏院池

远处，群峰披翠，天蓝云白

近处，独石耸绿，屋青瓦蓝

铜像广场庄严肃穆，韶山宾馆茂林修竹

主席故居阳光明媚，干部学院樟老松劲

这里是南岳七十二峰之一

这里是舜帝演奏韶乐之地

睁开眼，仿佛有万马奔腾

闭上眼，似乎有千音缭绕

参观韶山的人群，来自五湖四海
我们的脸上，写满了喜悦、虔诚和朝拜的神圣
我们的心中，装满了向往、渴望和战斗的热情

早上艳阳高照，中午却瓢泼大雨
傍晚红光万丈，午夜却电闪雷鸣
国际上风云变幻，像极了这夏日的天气
桌面上著作静立，多么像风暴中的磐石

时值小暑。我们就像一条条
欢乐无比、激情无限的鱼儿
快乐地游弋于这美丽的韶山冲
尽情地徜徉在鱼群之间

2022 年 7 月 7 日于韶山

和宁乡六中对视（组诗）

一、我们再也不会号啕大哭

每次提起你的名字

我都会想起一群青涩的人

想起一些青涩的往事

这些人，这些事

不是在我胸口隐隐作痛

就是在我脑海中偷偷发笑

有什么方法，可以

抹去一个人的青春记忆

不管暗恋过谁，或者追求过谁

都已经不重要

再次见面，我们都只会

手中拈着一朵即将盛开的花朵

淡淡一笑

再也不会号啕大哭

二、我变老了，而母校变年轻了

有一次，我故地重游
不见了当初我跳霹雳舞的大礼堂
不见了当初我正襟危坐的老教室
不见了当初我挥汗如雨的大操场
校园里，路变宽了，房子变高了
树变高了，连校门也变了

我在校园里流连，精神恍惚：
有些画面不断在眼前重放
有些声音不断在耳边回响
有些人物不断在脑海中萦绕
原来，时间不但可以改变我
还可以改变我的母校
我变老了
而母校她，却变年轻了

三、有些书，读过就不会再忘

有些人，爱过就不会再恨
有些书，读过就不会再忘

有些事，做过就不会后悔
有些话，说过就不会遗憾

有些手，牵过就不会放手
有些路，踏上就不会退缩

宁乡六中，您给了我们
难忘的爱恨、无悔的青春
勇敢的拼搏，前进的动力

所以，我们要谢谢您！

2022 年 7 月 24 日于宁乡

和神奇的望北峰对视（组诗）

一、家乡的望北峰风情万种

每一次仰望夜空，总觉得：

群星之中，有一颗星星属于我

有一颗星星，发着和我同频的光

有一颗星星，做着和我同频的梦

几十年过去

群星没有变，属于我的那一颗星星没有变

我青春不再，不知不觉老了

泪水中，只有远处的北极星为我照亮前程

每一次攀登山峰，总觉得：

山林之中，总有一片独属于我的风景

总有一棵树，它拥有清风一样的自由

总有一块石，它拥有钢铁一般的意志

几十年过去

我征服过无数的山峰，抚摸过无数的树木和石头

如今两鬓斑白，依然两手空空

记忆中，只有家乡的望北峰为我风情万种

二、望北峰，湘中平原上神秘莫测的
一点

望北峰，很普通的一座山峰

但，它是雪峰山余脉中出神入化的一支

它孕育了，一个青铜古国

它典藏过，一个千年粮仓

它谱写着，楚沩大地的无限风流

望北峰，很平凡的一座山峰

但，它是湘中平原上神秘莫测的一点

它出土了，传国玉玺和氏璧

它守护过，春秋神器音乐编钟 [1]

它吟唱着，宁乡西部的万千神韵

望北峰，很平常的一座山峰

但，它是湘江流域神采奕奕的一滴

它的骨架，连着巍峨的雪峰山脉

它的灵魂，融入浩荡的湘江水系

它的精神，如同南岳直插云霄

三、望北峰，它有自己的心事

望北峰，它有自己的欢喜

每当白云把倒影映入麦田水库

清风会将望北峰的身姿一并揽入水面

1　国家编钟出土于望北峰南麓的老粮仓镇。另有传说，和氏璧出土于望北峰脚下的楚江江畔。

青的、绿的、蓝的、白的

有时候，还有红的、黄的、粉的……

一幅水彩画，倒映着另一幅水彩画

你不知道

哪一幅更灵动，哪一幅更写真

望北峰，它有自己的心事

每当人们静静站立在望北峰峰巅

近处的群山会低头，远处的平原会跌宕

山谷的池塘会低吟，山脚的河流会浅唱

脚下的山峦在颤抖，头顶的天空在变幻

一场音乐会，应和着另一场音乐会

你不知道

哪一场更经典，哪一场更优美

2022 年 7 月 24 日于宁乡

和湘府公园对视

我们曾经莫名爱过一些事物
比如，在黑暗中爱过一支手电筒
在洪水中爱过一根枯木
又比如，在暴雨中爱过一把雨伞
在烈日下爱过一棵大樟树

总而言之，那些空降的、临时的
无以名状的却无比强烈的情愫
没有根、没有干、没有叶
甚至没有形状。我说不清楚
它们来自何方，要去往何处

那一天傍晚，我围着湘府公园
散步、流连，足足三个小时
送走了如血的夕阳，迎来了璀璨的星光
在晚风中听着悠扬的二胡

萤火虫为我点亮神秘的灯笼

夜色渐浓，人们纷纷从房子里涌出来

公园里游动着各色各样的鱼群

我悄悄打量他们脸上的神情

假装我拥有一面神奇的魔镜

能够窥见他们内心的爱、恨、情、仇

如若不然，我将消隐在这个城市的最中央

和每一个转角处的花草，以及

每一潭倒映着月光的池水，相拥着入眠

把自己幻化成一尾游鱼

消隐于这一园沉沉的夜色之中

2022 年 9 月 8 日于长沙

和李自健美术馆对视

把手举起
向着白云敬一杯
哪怕手中空空如也

这儿的池塘不叫池塘
因为有几只黑天鹅
所以叫天鹅湖

这儿的房子不叫房子
因为有几幅名画
所以叫艺术馆

静下来，看——
黄色的草地、灰色的墙
蓝色的天空、睡着的莲
和我爱着的人

你来，来牵我的手

从这画面中穿梭而过

多少人忙忙碌碌。我们不

我们看这一池秋水

满怀欢喜

2022 年 9 月 24 日于长沙李自健美术馆

和长株潭城市群绿心对视（组诗）

一、城市群的中央舞台

这座山深情地呼喊着那一座山的名字
那一座山温柔地依偎着这一座山的臂弯
从空中俯瞰
这里是一片美得令人心醉的群山

湘江好像一条迎风飞舞的裙带
踩着长株潭城市群成长的鼓点
昭山如同一条俯首饮水的长龙
蹲守在湘江母亲河转弯的深潭

绿水青山，使城市群有了持续发展的源泉
长株潭城市群绿心不只有绿色
这里还是色彩的海洋，鲜花的世界

金黄的油菜花，鲜红的杜鹃花

洁白的玉兰花，紫色的薰衣草

大自然赋予绿心无尽的宝藏

山水相依　三城相融

四季变换着丰富的色彩

就像一个精彩的城市群中央舞台

每天上演着精彩绝伦的唯美剧本

二、山水相依的明珠

有些山，已经叫不出名字

但是每一座山的深处

都住着一位尽职尽责的山神

这里，还有一些神奇的名山

比如传说中张果老怒斩恶龙的人形山

比如九位郎中给唐太宗治病的九郎山

山山相连　连出了一片五百三十平方公里的群山

许多寺庙，仍然屹立在山顶或山腰

诉说着历史的沧桑与厚重

比如上林寺，比如仙峰寺

比如盘古庙，比如大安寺

比如关圣殿，比如嵩山古寺

一众寺庙，簇拥出一片极为神秘的佛道圣地

众多的湖泊，流向奎塘河、浏阳河

最后全部并入母亲河湘江

比如石燕湖，比如官桥湖

比如天鹅湖，比如仰天湖

山塘湖泊星罗棋布成养人养心的康养宝地

有些陵墓，已经叫不出名字

甚至连一块墓碑都已经找不到了

但是每一座陵墓下面

都埋藏着一个曾经无比荣耀的名字

比如晚清一代名臣左宗棠墓

比如跳马的七座明王陵墓

风水陵墓，构筑出绿心极为重要的历史遗迹群

山连着水，水依着山

寺隐于山，庙藏于山

墓择于陵，陵围着墓

大自然把最好的礼物恩赐给了长株潭城市群绿心

山水相依，勾勒出湖湘大地最为耀眼的一颗明珠

三、世代传承的宝藏

十八年的坚持复绿，十八年的禁止开发

十八年的求索思考，十八年的产业调整

我们盼来了国家级中部城市群规划

我们迎来了长株潭城市群中央公园

我们在寻觅什么，坚守什么

金钱，真情，还是精神信仰？

我们在等待什么，期盼什么

财富，文明，还是道德宗教？

一条铁路总是伸向远方

一棵树木总是长向天空

一声呼唤总是通向心灵

一座雕塑总是指向灵魂

十八年坚守，初心如一

绿心已经出落成婀娜多姿的大美女

不管是凌晨去九郎山看日出

还是傍晚时分来人形山守日落

或者晚上去昭山数天上的星星

都是妙不可言的行程

又或者，我们需要的

只不过是去动物园陪长颈鹿散散步

只不过是去百米高炉回忆炼钢历史

去某个民宿　为心灵度个小长假

反正，在每一座古寺庙

都可以点燃几炷香

为自己，为亲人，为你所爱的人

默默许下最为虔诚的祝福

我们需要尽最大努力保护绿心

短期来看，也许有些许失落

长远来看，其实是最为合理的开发

其实是对大自然最好的回馈

感谢我们自己吧

为心灵，为未来

留下了这五百三十平方公里的绿心

让我们，即使再发展五千年

也可以，不慌不忙

可以毫不夸张地说

这里

是长株潭城市群用来深呼吸的肺

是长株潭城市群用来起搏的心脏

是湖湘子民必将世世代代传承的宝藏

2021 年 4 月 8 日于长沙

和一碗热鸡汤对视

下午四点，我沉沉睡去
下午六点，我昏昏醒来
两个小时，我没有做梦

房内好空旷，恐惧袭来
黑暗好刺眼，寂寞弥漫
打开灯
灯光慌慌张张地望着我
下了楼，绿植耷拉着耳朵
瞅着我

坐下来
一碗鸡汤冷冷地盯着我
给我十分钟吧
让我深吸一口气
给我一块毛巾吧

让我捂住胸口

望城。河西的这一栋八层楼
把世人的静好岁月碎了一地
今天晚上，我渴望一碗热鸡汤
来温暖我深不见底的衷肠

2022 年 4 月 30 日于长沙

和一台电风扇对视

电风扇一直摇着头

它在努力忘却某个人

谁给过它指令和承诺

它看上去和我心意相通

电风扇一直摇着头

它也想念它的心上人

小小的房间里头

空气中到处都是心动的幻影

墙壁上到处都是追风的故事

风一会吹过来

一会又吹过去

是谁在我耳边说悄悄话

为什么每一句贴心的情话

看上去那么五彩斑斓

最后全部变成灰色

2023 年 6 月 21 日于宁乡

和一台笔记本电脑对视

深夜十一点了

只有你仍然不知疲倦地在运转

有些人在嗨歌，有些人在蹦迪

有些人在喝酒，有些人在吹风

我以为的飞机轰鸣声

不过是你急速的运转声

在极度安静的夜晚

你的噪声会被放大一千倍

你偶尔会呆滞那么几秒

我也不时会呆滞那么几分钟

世界的变化太快了

我们的内存都不够

你希望记录下全世界吗

亲爱的，我可不要像你那么忙碌

每当我感觉到内心慌乱的时候

我都会悄悄地停下来

2023 年 6 月 5 日于宁乡

和一瓶水对视

她的体内有一壶水
曾经沸腾到一百摄氏度
后来慢慢冷却了
还被冰冻过三次

我不确定
她是否还存有爱的记忆
她看我的眼神是那样陌生
那样遥远　那样冷静

仿佛她从来不曾认识我
仿佛她自始至终
不曾牵过我的手
不曾吻过我的嘴
不曾拥抱过我的身体

在她华丽转身的一刹那
我感受到三秒钟的剧痛

第一秒，击中我的脑部
第二秒，刺穿我的心脏
第三秒，粉碎我的脚掌

在某个酷热的夏天
我们只是短暂地尖叫
然后迅速地分离
最终漠然地路过

桌子上的这一瓶水
身体如此透明
眼神如此寒冷
证明她已经无欲无求
证明她已经心如死水

我反复地想起她
又反复地忘却她
这是她的宿命
也是我的宿命

2023 年 6 月 13 日于宁乡

我不想在你面前红着脸

我怕你追根究底

我怕我忍不住把心事和盘托出

当然，你也可以陪我喝几杯

直到两个杯子冷去

直到四个耳朵发热

有三句没有说出的话

我认为我不欠你的

从上辈子到这辈子

从此生去往来生

时光好短

比白驹过隙还短

但，我燃尽了我的躯干

——请你不要再抱怨

你浑身湿漉漉

如一块湿柴

你的内心在大海上沉浮

谁会听懂你的歌声

风中传来飞机巨大的轰鸣

——请你不要再颤抖

你的四周除了水

还是水

你把自己活成了一座孤岛

我有一万种方式抵达、靠拢

我明知你站在风雨中等天晴

我却把伞递给了她

——请你不要再等待

2022 年 11 月 29 日于长沙

独饮者

去年春天留下的那瓶白酒

经历了两个夏秋冬一个春

酒味还封存在酒瓶中

我想趁这个雪封之夜

独自酌一小杯

我不想在你面前红着脸

我怕你追根究底

我怕我忍不住把心事和盘托出

当然，你也可以陪我喝几杯

直到两个杯子冷去

直到四个耳朵发热

但我不敢确定

明天是否会转晴

毕竟冬天也会有惊雷

夏天也会有飞雪

秋天也会有花开

春天也会掉黄叶

从你眼底，我猜不出你谜一样的心事

我把这条街的沥青都踏穿了

那又如何？

月光还是会照耀我发黄的少年

还是会每晚嘲笑一遍我的年轮

我的心事只能在刻着花纹的玻璃杯中

重温了一遍，又一遍

2022 年 11 月 29 日于长沙

听一畦韭菜自白

寒暑不管，春秋无论
我都一直爱着我自己

去年冬天那一场大雪
我本来想枯萎我自己
雪水融化，拯救了我
我最后坚守了我的青绿

我有我自己的容颜，我自己的色彩
春风吹皱我的心湖
夏风吹弯我的腰肢
秋风吹瘦我的脸颊
冬风吹寒我的背脊
我有我自己的理想，我自己的情怀

我虽然只是一株小草
我有我自己的味道，我自己的故事

2022 年 4 月 21 日于长沙

偷听薄荷和一只蜜蜂的对话

你昨天亲过山茶花、油菜花

刚刚还吻过迷迭香、薰衣草

我酿的是蜜，不是酒呢

尽管我不会跳舞

但我成天唱歌呀

昨晚我等了你一夜

你偷偷去了哪儿

你怀的是太阳的孩子

我可不是负心汉

你那么多情

又怎么配得上我的高贵

我多情，但我不滥情

为爱忙碌，又有何错？

2022 年 4 月 18 日于宁乡

一棵树对春风说

我需要一个拥抱

一个我想念了一个冬天的拥抱

我感觉这刺眼的春光

实在有点发烫，还有一点烧焦

你觉得你爱着众生

可是，在我的世界里

我只会为你穿上花衣裳

只会为你精心打扮自己

唤醒大地的话语

你好像只能对我说呀

你最好以你温柔的眼神

来温暖我的余生呀

2022 年 4 月 18 日于宁乡

高楼那么高

高楼那么高，高过山峰

高楼上长满了野草，随风摇摆

一定有人站在高楼的某块巨石上面

眺望

连绵的云海，正慢慢从我眼前消失

我一点都不喜欢这种寂静

在这么高的高楼之上

听不到你的呼喊

也听不到你的心跳

太阳在往上升

我只好倾听我自己的心跳

我走得好累，一身酸痛

我不想再走了

还好有电梯艰难地载着我往上走

我一级一级往上爬、一级一级往上挪

务必赶在日落之前抵达悬崖之上的巨石

2022 年 11 月 16 日于长沙

寒风终究也会找到知音

荒芜太久的菜园

我在孤独中前行了好几个月

很多植物在刻意远离我

就像那几只白鸟

很久没来亲近我家阳台

那几只流浪猫

短暂逗留后

再度走失

我弯着腰耕种在菜园里

太阳和月亮，周而复始地

光顾我家菜园

寒风终究也会找到知音

我隐秘的心事，它们总有一天

会伴随着萝卜、白菜

一起生长

2022 年 11 月 7 日于长沙

秋天从我眼前一掠而过

秋天从我眯着的眼前

一掠而过

哪怕树叶依然眷恋着秋日

哪怕它们还没来得及枯黄

秋风也在匆忙地催它们离开树干

秋天从城市的缝隙中

一扫而过

哪怕女儿如此迷恋秋日

哪怕她还没来得及秋游

寒风也在焦虑地为大地披上冬衣

秋天从我仰望的眸子里

一飘而过

哪怕我喘着粗气、憋红了老脸

哪怕我戴上厚厚的眼镜

白雪竟然慌忙地模糊了我的视线

2022 年 11 月 3 日于宁乡

仍是深秋

如果不是这一簇野菊花

我会误以为已是深冬

还好，它们烂漫的金黄

提醒我

仍是深秋

如果不是这一缕金煦阳

我会误以为已是寒冬

还好，它和这一簇野菊花

相互照耀，各自金黄

宣告着

仍是深秋

2022 年 11 月 3 日于宁乡

微　醺

身体不喜欢酒精

但是

舌蕾喜欢

微醺以后

天在脚下颤抖

地在头顶崩裂

2022 年 11 月 3 日于宁乡

九月的河床令人忧伤

九月的河床令人忧伤

河水退去，河床裂开

河道里挤满了忧伤

河床上布满了伤痛

有人心事重重地凝视着河床

即使，这一场旷日持久的干旱

远没有不期而至的洪水

那么暴虐，那么狂野

有人忧心忡忡地眺望着田野

禾苗坚强地站立在旱田里

谷粒焦心地等待着、渴望着

一场望穿秋水的甘霖

开裂的河床如此令人忧伤

秋天的色彩中竟然布满血丝

天空中镶满了静止的白云

犹如阵阵惊雷，在我眼前炸裂

2021 年 9 月 26 日于长沙

我们在两个不同的世界

我们都不曾谋面

哪里会有什么交情

飞鸟的眼里只有天空

和比天空更远的天空

你匆匆一瞥

我只是一个模糊影子

正如秋风吹皱了池塘

随即就不见了涟漪

我们在两个不同的世界

在隔着山和海的地方

一个忙着打理自己的羽毛

一个低头舔舐滴血的伤口

在太阳升起月亮落下的地方
在鲜花盛开冰雪覆盖的地方
你要不言，我也不语
你要不来，我也不去

2022 年 3 月 17 日于长沙

爱的烟火点起

刚把眼睛闭上，世界就全黑了
刚把脑袋仰起，流星就点亮了

太多的过往，还没有留下痕迹
太多的期待，还没能展开翅膀

风的影子滑过
就像一匹白马
爱的烟火点起
就像一颗流星

你说过的那些话，为何一直刻在我心房
就像日升月落，落叶叩问土地的心扉

2022 年 10 月 28 日于长沙

流星也会刺穿夜空

偶尔为了某一个人发狂

流星也会刺穿夜空

城市喜欢侧耳

听万物的声音

城市长那么高

可他喜欢沉浸在农村的气息里

高楼的倒影

如同智者在行走

早晨的时候，他们满心欢喜

中午的时候，他们低头沉思

黄昏的时候，他们牵手散步

我行走在高楼的影子里

不时抬头仰望天上的流星

2022 年 10 月 30 日于长沙

我哪里都累了

我眼睛累了，我皮肤累了，我骨头累了

我哪里哪里都累了

现在的我只剩下一颗皱巴巴的心了

我找了你大半生

我在稻田麦浪中找你

在荒野沼泽地找你

在疯狂拥挤的人潮中找你

你是否还拥有一颗纯净的心

是否还拥有一身洁白的羽毛

你是故意躲着我吧，所以你追着风

美妙的音乐如此悦耳

胜过我说的情话

你一个人从地铁中走出来

又一个人搭乘的士远去

瘦瘦的街道中挤满了你恍惚的背影

我一个人寂坐在空旷的越野车中

差一点用泪水打湿了黑夜

2022 年 11 月 16 日于长沙

我准备随心地玩耍一生

楼宇间的霞光

像一些不经意的画笔

被画家随意地勾、描、点、扫

我很担心这刹那的余晖——

但它们，似乎并不在乎我的温柔

一直倾斜、倾斜、倾斜

直到最后不堪重负，匍匐于地

阳台上的白猫

像两只怕人的小鸟

拿眼角的余光勾、瞄、溜、眯

我和这两只小猫一样

随意地找了一个城市

随性地找了一个爱人

准备随心地玩耍一生

2022 年 10 月 16 日于长沙

小雪之夜

有一兜倒伏的白菜

在暗暗蓄力

小雪之夜

菜地里发出一道寒光

没有人能听到它们正拔节的声音

除了我

日历被昨天翻过去

今夜翻过来

即将烤焦的红薯

散发着饱满的甜香味

果盘中的水果

看上去满腹心事

冷下来的茶水

一心只想温暖我

逐渐冷去的心

2022 年 11 月 22 日于长沙

石子会变成鸟

石子会变成鸟

我踢飞一颗石子

飞向如血的夕阳

它并没有发出想象中的尖啸

我发出一声轻轻的叹息

破败的老工厂沐浴着阳光

倒伏的草丛中

蚊子仍在乱舞

我在担心那堵倾斜的墙垣

以及枯枝上的那一只白蝶

2022 年 11 月 21 日于永州

月亮在颤抖

我张大了嘴

不敢相信——

天狗真的在吞食我们的月亮

撕咬出了淋漓的鲜血

我心在发慌

月亮会痛吗？

女儿拿着手机，大声地喊

"快看，月亮在颤抖！"

2022 年 11 月 8 日于长沙

天空守护了翅膀

是你拯救了我

茫茫人海中

是你让我不再陷入寂寞

是我守护了你

滚滚红尘中

是我让你拥有一世温柔

是水拯救了鱼

是天空守护了翅膀

2022 年 11 月 19 日于长沙

有那么一片海

有那么一片花海

热烈奔放，波涛汹涌

只为我一个人，肆意汪洋

有那么一片石海

奇峰异石，排山倒海

只为我一个人，波澜壮阔

有那么一处林海

松涛阵阵，无边无际

只为我一个人，海誓山盟

有那么一片星海

如诗如画，水天一色

只为我一个人，海枯石烂

2021 年 2 月 4 日于长沙

清明有感

树，都换完了新叶
花，都赶上了花期
空旷的原野
无数的蜜蜂在寻觅

各种鸟，换着调在应和
我注视着
这一冲山水
满脑子的回忆与往事

好奇怪
雨那么大
居然没能淋湿我心底
那隐隐作痛的思念
和我对那一堆黄土的
依恋

2021 年 4 月 9 日于长沙

光阴不是流水

在一个晴朗的日子里

光阴突然掉进流水中

流水夹杂着泥沙呼喊着向前奔流

光阴多么像流水

悄悄地将喜怒哀乐埋葬

然后又在原址

长出悲欢离合

给我一千把刀

我也没法砍断光阴强大的生命力

请给我一扇闸门

去阻断这一渠的光阴

去灌溉万亩心田　　开启一城繁华

流水一遍又一遍洗刷着河床

我准备和流水一道

奔向更远的远方

2020 年 5 月 18 日于宁乡

下篇 人间消隐

我所热爱的，所憎恨过的
连同我所追随过的，所紧握过的
随着正午的阳光，一起枯萎
风中哪里还有我的什么痕迹

老婆，你是我的好老乡

那一年，我们一起扇动翅膀

从同一个小山冲中飞出来

从小镇到县城，从县城到省城

从楚江到沩江，从沩江到湘江

你帮我提包，我替你扛袋

你帮我看店，我替你持家

你告别魂牵梦萦的老屋

我惜别破旧不堪的小院

山路，你陪我云里雾里走

水路，你伴我风里雨里蹚

你脸红一次，我便心跳十下

你落泪一次，我就衣湿三重

你满口的乡音

也是我闯荡江湖的本色

我们一直含在嘴里的乡音
在异地他乡，被反复打磨
你的，越发丰满、细腻、光滑
我的，越发壮实、沉稳、中坚

二十年来，我们结伴同行
从上海到深圳，从北京到重庆
从广州到武汉，从杭州到长沙
如影。随行

我有个小小的心愿：
很多年之后，我去天堂时
也要带上你这个小老乡。
不离。不弃

2022 年 5 月 8 日于长沙

老婆，你是我的好搭档

你的名字

就是一盆柔弱的兰花

被我养了二十年，还是老样子

你的身上

浸透着泥土的芬芳

散发着泉水的清香

我把你从小山冲中连根挖走

带着五月的芬芳

挪到我家小院

我们在陌生的城市里

跌跌撞撞，摸黑前行

经常被撞得鼻青脸肿

浑身酸痛，却无处呼喊

只能相拥而泣

你在人前，那么好强

却躲在我怀里哭过好多回

你在人前，那么安静

却埋在我肩头闹过好多次

我跑业务，你做设计

我管施工，你管财务

从一个小工作室，干出一个小门面

再干出一个小工厂，再干出一个小公司

你的名字，每一次都和我的名字

并肩而立，迎风飘扬

我们一起用了二十年

在别人的城市里

深深地烙上了我们的名字

2022 年 5 月 9 日于宁乡

老婆，你是我的好朋友

在同一个傍晚，我们
拿同一块香皂抚摸过肌肤
用同一块毛巾擦拭过毛发
老婆，这样算不算肌肤相亲？

在同一个夜晚，我们
被同一只蚊子无情追咬过
又一起追杀过同一只蚊子
老婆，这样算不算歃血为盟？

在同一个凌晨，我们
拿同一根吸管吮吸奶茶
用同一个瓷杯刷洗口腔
老婆，这样算不算肝胆相照？

在同一个中午，我们

拿同一个银壶煮过黑茶
用同一个方向盘奔向远方
老婆，这样算不算同心同德？

老婆啊，我的朋友有很多
可是你这一个啊
真的不一般！

2022 年 5 月 6 日于长沙

老婆，你是我的好情人

你身上的迷迭香，天生迷幻
暗香盈动，俘虏了我半世情怀

你浅浅的笑靥，如星光点点
羞涩一笑，便拨动了我的心弦

你眼如深潭，却清可见底
秋波流转，自然便有了四季芬芳

对你说过的很多情话
千言万语，最后全都成了款款情诗

对你唱过的无数支情歌
千吟万诵，最后全都成了枕边情话

2022 年 5 月 9 日于宁乡

小女在不停地长大（九章）

女儿在不停地长大，我们在不停地成熟。

——题记

一、2012年，小女儿天使般的降临

长沙城就是一座强大的磁场

十年前

在一个毫不起眼的小县城里

一个漂亮女人帮我经营着一个并不赚钱的小书店

我在一个毫不起眼的职业中专挥汗如雨

长沙城就是一座迷幻的森林

时光飞逝，往事如烟

那一年，我被一股神秘力量蛊惑、引诱

兴致勃勃地逃离宁乡那一片小树林

小心翼翼地从宁乡县城腾挪到了长沙城

长沙城就是一座奇怪的道场

二十年来，我就像一个忠实的信徒

从这一栋高楼，搬到另一栋高楼

从这一个小区，迁至另一个小区

从这一条街道，冲往另一条街道

长沙城就是一座神奇的城堡

城堡里，有一个漂亮的女巫陪伴我左右

她用一根神奇的魔法棒，指引、指点、指使着我

十年前，她为我带来了一个漂亮的小女神

十年后，她又把另一个迷人的小女巫带给了我

二、我两岁的女儿如海浪
一般拍打着我

我喜欢上长沙城

好像是从这一年开始

以前人太忙、心太急

只觉得风太大、浪太高

自从这一年

我在长沙南城筑了一个窝

自从有了这个窝

我才恍然大悟：

虽然跌跌撞撞

却原来也属于这一座

钢筋水泥铸就的城市森林

我喜欢上我们家的这一只小鸟

好像也是从这一年开始

她肉嘟嘟的小脸蛋，粉嫩粉嫩的小拳头

她天真无邪的笑脸，风吹银铃的笑声

她带着甜味的尿布，以及充满阳光的舞蹈

如海浪一样轻轻拍打着我

三、小女儿见风就长

偌大的一座长沙城

已经比 1995 年

我在长沙读书时

扩大了二十倍

森林里溪水潺潺、鸟声啾啾、野兽嘶鸣

长沙城也是一样

阳光从高楼的缝隙间落下来

城市里光影斑驳，清风徐来

我们四只鸟，喜欢依次掠过某条街

然后蹲守在某一棵参天大树下

合唱一支只有我们自己才听得懂的乐曲

偌大的一座长沙城，每天都在向四周扩张

奔跑的速度令人惊讶，吞没了大片郊野

沿着湘江两岸，我看到了拔地而起的竹林
我看到了无边无际、迎风而舞的荷塘
我看到了我三岁的小女儿，见风就长

我亲亲你的小脸，你也仰头亲亲我的脸
我把你托举过头顶，你抱住我的头左右摇晃
整座森林，正一点一点陷入无边的宁静

四、小女儿照耀我前行

城市里
比农村亮得早、黑得晚
一天二十四小时
感觉只有四小时属于黑夜

即便子夜两点
仍然有蝉在树上拼命嘶鸣
仍然有星光照耀匆匆夜行的人

我觉得我就是一只小老虎

最起码

也是一头小黄牛

或者，就是一条潺潺流淌的小溪

浑身上下

除了力气，还是力气

城市里路太多，可是我看不清方向

城市里灯太多，可是我看不见光

唯有你，就像那一道照耀我前行的光

五、小女儿让我看清了风向

在农村时

我很容易就知道

风朝哪个方向吹

我也很容易就测算出

从一个村到另一个村的距离

从一个镇到另一个镇的距离

在长沙城

我每天吹着风

却无心去关心风向和距离

我最关心的

是那一段两公里的路程

每天早上八点前，要送你去幼儿园

每天下午五点前，要接你回到家中

我五岁的小女儿

就是我在这个城市中的风向标和测距仪

六、小女儿把翅膀插入了云霄

长沙的天空很高很辽阔

可是我们四只鹰

肩并着肩

还是把翅膀插入了云霄

我六岁的小女儿

比我们还顽强

好多次，她飞到了最上方

好多次，她飞在了最前方

这时候，其他三只鹰

就会刻意放缓速度

躲在某个角落

默默地看着这只雏鹰展翅翱翔

七、小女儿是上天赐的一道神谕

这一年

大女儿

长成了参天大树

她把根深深地扎入了长沙城

她把枝叶高高地插入了云霄

在她的升学宴席上

小她十一岁的妹妹

独自站到舞台中央

主持了一场令人惊艳的酒会

大女儿动身前往武汉的前一夜

我们家七岁的小女儿

紧紧地依傍着她

偷偷地给了她一个响亮的亲吻

大女儿摸摸自己的脸蛋

露出了开心的笑容

然后捏捏小女儿的脸蛋

"小东西，你是上天赐给我们家的一道神谕吗？"

八、小女儿天天为我沏一壶功夫茶

长沙城真的在长大

我们家也在长大

但在这一年

时间仿佛停滞了下来

一场突如其来的疫情

就像肆虐的洪水

冲塌了多少脆弱的堤坝

击垮了多少衰败的家庭

这一年，多少人擦肩而过

再也不相见

这一年，多少人没有等到

下一个路口的相遇

很幸运的是

我们家八岁的小女儿

像极了一个精巧的紫砂茶壶

天天为我沏上一壶芳香四溢的功夫茶

九、小女儿真实地见证时代变迁

有时候，她会骑在轮滑上横冲直撞

有时候，她会捧着一本书屏气凝神

有时候，她会一本正经地谈论人生哲学

有时候，她会突然躺在地上撒泼打滚

有时候，她如孔雀开屏大跳民族舞蹈

有时候，她如猕猴下山一般乱写乱画

有时候，她会因为输掉围棋而号啕大哭

有时候，她会因为赢得谜语而洋洋自得

一个真实无比的女儿

欢乐地涂画着我们家的墙壁和天花板

女儿在不停地长大

而城市和我们

也在不停地成熟

2022 年 12 月 15 日于长沙

你独自成林

樱花烂漫

你独自成林

天空中下起干净的雪

浅浅一笑

唐诗失色

宋词无光

2023 年 3 月 15 日于长沙

妈妈也有少女时

那一天，从妈妈的柜子里

我翻出来一张发黄的老相片：

一个穿着花格子衣服

扎着麻花辫的小姑娘

忽闪着大眼睛

笑盈盈地看着我

照片已经缺了角，还有了几处霉点

照片上的妈妈却神采奕奕：

十六岁的花季少女

她仿佛看见了自己的未来

这一只快乐的小鸟

笑盈盈地等着出嫁

我眯起眼睛，用大拇指轻轻地

去抚摸她鹅蛋一般的脸蛋

六十年前的美少女

和自己英俊的小儿子

四目对视，脉脉含情

黑白照片中，这一位绝美的村姑

不，这一位绝美的女神

她从大山那边，翻过了几个山窝窝

越过了十里山路，路过了几个茅草房

跨过了几个溪涧，绕过了几棵老樟树

从外婆的小女儿

变成了我老爸的小新娘

2022 年 12 月 18 日于长沙

妈妈是一个谜语

妈妈是一个谜语
虽然她很少穿漂亮的花衣裳
几十年来我觉得
她身上有一股好闻的花香

妈妈是一个谜语
虽然她很少给我讲笑话
我有许多说不清楚的快乐
却总是和她息息相关

妈妈是一个谜语
我从小喜欢跟在她身后
就像我家老爸一样
眼珠子喜欢围着她滴溜溜地转

2023 年 3 月 13 日于宁乡

家乡有一条神奇的山路

家乡有一条神奇的山路

山路狭窄、崎岖，很难走

山这边

是妈妈和我们三姐弟

山那边

是爸爸和他的单位

爸爸用一辆自行车

串起了山路两头

记忆中的这一条山路

如今变成了宽敞的柏油路

爸爸住回了山里边

我和姐姐住到了山外边

我用一辆小汽车

串起了柏油路两头

家乡的这一条山路

有无限的神奇，无限的魔力

山路旁的树木越长越高

山路旁的溪水叮当依旧

就像爸爸的自行车铃声

久久地盘桓在我脑海

2022 年 8 月 31 日于长沙

每次拨通父亲的手机

每次拨通父亲的手机

都不会超过三句对话

第一句，我问："您在干吗？"

要么，"在打麻将"。

要么，"在菜地"。

要么，"在做饭"。

第二句，我问："您身体还好吧？"

要么，"还可以"。

要么，"过得去"。

要么，"小毛病"。

第三句，我问："我妈妈呢？"

要么，"在家里"。

要么，"在床上"。

要么，"在旁边"。

2022 年 8 月 19 日于长沙

一本绿色的自行车行车证

偶然从一个老得掉牙的柜子里

翻出来一本绿色的自行车行车证

"1982 年 12 月 29 日

宁乡县公安局自行车证专用章"

小时候

我坐在父亲的自行车前杠上

妈妈坐在父亲的自行车后座上

山路上经常留下几道自行车浅浅的辙印

田埂上经常飘过我们一家人的笑声

父亲的那一辆自行车

经常陪他千里走单骑

如今

变成了一本发黄的自行车行车证

2022 年 9 月 1 日于宁乡

我们之间有一团火

我们之间有一团火

三天不见你，我心里憋得慌

这一团火，不停地炙烤着我

我浑身难受，只好闭上眼

你的身体中有火，闪电击中古树的野火

你的血液中有火，火机点燃枯木的真火

你的肌肤中有火，火柴点燃干柴的烈火

你的灵魂中有火，火把点燃汽油的猛火

我们之间有一团火

你看过我的眸子里，闪耀着火光

我不敢回头，怕被你点燃

我不想停下，怕被你击中

2022 年 10 月 15 日于宁乡

我忘记我曾爱过你

人世间的爱，怎么那么淡

我忘记你曾牵过我的手

那年春天，你手中拿着山茶花

那年夏天，你手中握着水仙花

那年秋天，你手中拿着野荷花

太阳终究还是爱着月亮

就像你终究还是爱着我

即使，他和她守望在地球的两端

即使，月亮偷偷把太阳的光芒反射给地球

即使，月亮常常被满天的星星包围

或许再过几十年，再过几亿年

你还会偶尔想起我曾爱过你

但是，你终究会想不起我的温度

但是，你终究会忆不起我的芳香

但是，你终究会记不起我的名字

2022 年 10 月 15 日于宁乡

我从人间消隐的那一刻

我问过你几十个问题
你从来就没有回答过
从这一刻起，我再也不问了
你把答案埋进黄土中吧

青山之中，有数不清的白骨
今日之后，多我一堆又何妨
我闭上眼睛，合上耳朵，关上心门
只为从有你的人间，消隐

耳朵里，再也没有一粒回音
眼睛里，再也没有一丝光明
心房里，再也没有一次搏动

我所热爱的，所憎恨的
连同我所追随过的，所紧握过的

随着正午的阳光，一起枯萎

风中哪里还有我的什么痕迹

2022 年 10 月 15 日于宁乡

有时候我会感觉到害怕

有时候我们会争吵

很激烈、很大声地争吵

一个人喊着、叫着

另一个人哭着、闹着

仿佛某一座火山突然喷发，岩浆倾泻

乌云黑漆漆地压着城墙

城墙执拗地低着头，一言不发

突然有一道刺眼的闪电

紧接着一声震破耳膜的炸雷

有时候我们会争吵

秋风一晚上就刮遍了整个人间

一只秋蝉住了口，另一只秋蝉也住了口

一棵樟树全身痉挛

另一棵樟树也全身痉挛

一片竹林摆过来，晃过去，再摇回来
一片池塘把皱纹传递给了另一片池塘
一只小鸟孤独地站在土墙上
反复梳理着自己的羽毛

你知道你爱着我
你反复强调你爱着我
我从你的眼睛里、从你的肌肤里
我从你安静下来的神情里
我感受到了，你非同寻常的爱
你如秋风般的柔情、如火山般的热爱
我在烈日下寻找、在秋风里寻找
年复一年，我渐渐地迷失了答案

有时候我会感觉到害怕
我不曾怕惊雷，我也不曾怕闪电
但是我一个人独行时感到了害怕
我怕岁月更替

我怕我最后会成为一粒尘埃

没有办法听懂你的呼叫

我怕我最后会成为一根稻草

没有能力听到你的心跳

2022 年 8 月 31 日于宁乡

春天是个好季节

春天是发芽的好季节

温度不错

湿度也刚刚好

风儿悄悄地捎来清明的口信

阳光急欲解开美人的纽扣

春天是读书的好时节

女儿拿起一本书

我也拿起一本书

书中有花红、有柳绿

有蜜蜂嗡嗡飞落我家菜园

春天是下厨的好时光

妻子操起一口锅

我操起一把刀

柴米油盐　哐哐当当

奏响居家的欢乐交响曲

2022 年 3 月 27 日于长沙

我们相爱在一本书中

我们相爱在一本书中
书中有汗水、泪水
有我们的亲吻和拥抱
书卷发黄　岁月老去
我们却依然深情凝望

你的笑容深深记载着
我为你写过的每个字
夏夜如火　冬日似冰
孩子们从书中蹦了出来
在春天里拔节疯长

我用刚刚拿着书的左手
握住一把新买的口琴
口琴里有春秋史记
我从商周吹到了隋唐
最后吹到了五代十国

2022 年 3 月 21 日于长沙

你可是整座森林

兄弟，我一直以为

你是一个高情商的人

就像一棵根深叶茂的大树

枝叶舒展得深情款款

主干生长得情意绵绵

一心一意地照顾着你们全家

却不料，深夜十一点

接到了你爱人的电话

你就像一棵无名的小树

突然消失在黑暗的森林深处

兄弟，有什么理由

可以让你不辞而别

手机停机，一个星期消失不见

抛下妻儿，抛下父母

抛下你心心念念的家

你的突然消失

如同一根脊梁

突然从身体中断裂

巨大的伤害和痛苦

会一直摧残你的家庭

兄弟，一个男人的出走

真的只需要一个背包？

这不可理喻！

兄弟，我好期望

你把自己弄丢的消息

不过是我的错觉

羊羔暂时走失

终有一天它会回家

你的消失

可不是一棵树

消失在一片森林中

对于你的家庭

你便是整座森林

2022 年 8 月 22 日于长沙

回不去的小山村

山路蜿蜒

像极了虚构的桃花源

虽然只有一株桃树

寂寞地守候在村头

几株山茶花、艳山红

慌慌张张地向山外张望

老屋荒废

就像孤寡的老者

两眼空洞　勾腰驼背

黄土垮塌埋了屋后的阳沟

荒草疯长掩了屋前的阡陌

光阴荏苒

如无情的刽子手

趁着月黑风高荒山野岭

一簇一簇　染白青年的黑发

一个一个　弄丢少年的梦想

二十年了

爱人忘却了回村的山路

女儿惦记着要去更远的都市

只有我独自一人怀念

那个回不去的小山村

悄悄用衣衫抹去眼角的泪水

2022 年 3 月 22 日于长沙

她是妖，我爱她

山河虽壮丽

倘若没有她，便了无颜色

日月虽升落

倘若没有她，便了无生机

她是妖，我喜欢这一尾大山中的九尾狐

她是妖，我深爱这一个星城中的老妖精

她是妖，我是人

一人一妖，贪痴爱恨

她白雪一般的肌肤

如高原白雪覆盖她通透山峦

她铃铛一样的声音

占据我微妙心灵

2023 年 3 月 15 日于长沙

居印象（组诗）

一、城居

很多年前，我们从某个乡村

某个山冲，某个河边

从某棵不知名的大树底下

花了父母一大把票子以后

把巢穴搬到了钢筋水泥的丛林中

这个叫作城市的地方

看不到星星的城市

摸不到鸟巢的城市

抓不到鱼虾的城市

听不到水怪山妖故事的城市

闻不到蛙鸣虫叫声的城市

采不到野果山枣的城市

很多年后，我们熟悉了这个他乡

这栋公寓，这个小区

熟悉了挤地铁公交的节奏

把蛋卵都产在了没有草木的丛林中

这个叫作城市的地方

看着手机走路的城市

排着长队吃饭的城市

端着细杯喝茶的城市

凌晨两点还在喝酒的城市

下午两点还在犯困的城市

晚上十点还在工作的城市

二、山居

山里快空了

土砖房倒了一大半

旁边的人家最近也搬走了

树木又长高了

高过了屋尖

鸟在树上筑了新巢

路上的石头

被山水冲得很凌乱

路面又被冲出了几道深沟

老狗寸步不离

跟在佝偻着腰的老头身后

不时冲着飞鸟吼两句

三、水居

渔船快忘记水的温度了

在屋角独自发呆

外壳开始长出皱纹

渔网被搁在楼上
白天被灰尘惦记
晚上与老鼠亲昵

院子里的五只鸡
居然和七只鸭子
成了莫逆之交

一些正在老去的父母会进城
一些不再年轻的儿女会回村

四、隅居

与其在城里被汽车吵得心烦
不如去乡下和邻居时常怄气

与其在城里把嘴巴闭得发霉
不如到乡下把锄头挖得锃亮

城里的红绿灯

没法再嘲笑我的笨拙了吧

孩子们不定时打回来的电话

我可以爱接不接

背着手房前屋后走走

我便是封地上最富有的王

2022 年 2 月 10 日于长沙

我属兔，今年48岁，这是我的第四个本命年。即将知天命之年，我将出版我的第一本诗集。生命轮回，我再一次开启了人生中的文学大幕。

我于去年加入了湖南省诗歌学会、中国诗歌学会。在这些平台中，我结识了很多诗人朋友。工作之余，我沉下心来创作和发表了大量诗歌。

诗集取名《和太阳对视》，名字富含哲理，内容饱含情思，寓意诗人常与世间万物交流，常对人间百态有顿悟。诗作主要创作于2022年，有极少数的几篇创作于更早或稍晚的时间。本诗集共分三篇，收录81首（组）诗。

近几年来，在乡村振兴、"两型社会"、城市发展方面，我有一些深入的思考，并且，在企业运营和人际关系方面，我做过一些比较成熟的研究。在本诗集中，我尽可能把个人的爱恨情仇、家国情怀、风物言志用诗歌文字表达出来，特别是，我想通过这81首（组）诗，营造81种独特的诗歌意境，把我个人有关"修身齐家治国平天下"的一些理念植入字里行间,以引起读者的共鸣。

在本诗集组稿结集的过程中,我有幸请到了湖南省作家协会主席汤素兰女士给我作序,有幸得到了我的老师谢胜文先生、刘怀彧先生和喻剑平先生的指点,有幸获得了同学洪孟春社长的点拨、湖南文学杂志社易清华老师的雅正以及天心区作家协会简媛主席、张一兵主席、张闻骥教授、如风老师、春香书记等人的鼓励,心中很是感激且倍感温暖。

最为重要的是,我要感谢我的夫人喻叔兰女士,她是我诗集的第一读者,是她热心地为我出谋划策,联系出版社,校对错误,提出修改意见,衷心感谢上天赐予我一个这样的贤内助!

还要感谢的,是我的两个女儿,她们既是我的铁杆粉丝和忠实读者,也是我坚持创作诗歌的原动力。

当然,说一千道一万,出版社的编辑老师们自然功不可没,你们慧眼识珠,让我近年来精心创作的诗歌能够得以问世。感恩!

作者

2023 年 6 月